L'INDUSTRIE

ou

LES ARTS.

ODE.

Quand un Peuple agricole réunit l'Industrie à la propriété, la culture des productions à l'art de les employer, il a dans lui-même toutes les facultés de son existence et de sa conservation, tous les germes de sa grandeur et de sa prospérité ; c'est à ce peuple qu'il est donné de pouvoir tout ce qu'il veut, et de vouloir tout ce qu'il peut.

RAYNAL.

L'INDUSTRIE,

OU

LES ARTS;

ODE

PUBLIÉE A L'OCCASION DE LA FETE DU Iᵉʳ VENDÉMIAIRE AN VII.

PAR M. CHAUSSARD, *prof. a orleans*

DE PLUSIEURS SOCIÉTÉS SAVANTES, NATIONALES ET ÉTRANGÈRES.

TROISIEME ÉDITION.

A PARIS,

DE L'IMPRIMERIE DE P. DIDOT L'AINÉ.

OCTOBRE M. DCCCVI.

ÉPITRE DÉDICATOIRE.

AU C. FRANÇOIS (DE NEUFCHATEAU),

MINISTRE DE L'INTÉRIEUR.

CITOYEN MINISTRE,

Ce qu'il y a de plus estimable chez la Nation Anglaise, c'est son Esprit Public ; et de plus remarquable, son Industrie : la France lui enviait l'un et l'autre.

Ministre Citoyen, vous avez déja concouru puissamment à relever en France l'Esprit Public ; parceque chez un Peuple généreux il suffit d'exprimer la volonté de faire le bien : cette volonté est dans votre cœur ; les moyens sont dans votre place, et encore plus dans votre génie.

Déja l'Instruction publique se régénere, s'affermit, et s'étend, sous les regards et sous l'influence du Ministre Homme de Lettres auquel Voltaire promit de si brillantes destinées; déja l'Agriculture, l'objet constant de vos méditations, se releve, encouragée et consolée : le Commerce et l'Industrie vous doivent un éclat nouveau et imprévu. Leur Féte brillante, et dont la création vous appartient, dont les vues morales et profondes semblent d'un législateur des temps antiques, a donné un rapide essor et un grand mouvement à l'Industrie Nationale.

Le plus bel hommage est celui de nos rivaux : il y va de leur gloire et de leur intérét. J'ai vu les étrangers, et particulièrement les Anglais, suivre assidument, et admirer avec une inquiétude mêlée de jalousie, ces merveilles inattendues, rassemblées à votre voix de tous les points des départements français, et qui semblent élever les paisibles conquétes de l'Industrie à la hauteur de nos Trophées Héroïques.

C'est sur le brillant théâtre de ces prodiges que, partageant l'enthousiasme universel qu'excitait un spectacle si neuf, si patriotique, et si consolateur, j'ai essayé d'en reproduire quelques traits, et d'en fixer, d'en propager à la fois les images à l'aide de la Poésie.

L'Industrie s'ouvrait des routes nouvelles; j'ai tenté de m'en ouvrir une inconnue jusqu'ici dans le Genre Lyrique : en effet la description semble exclure les mouvements qui caractérisent l'Ode. Ai-je réussi à les concilier? ai-je résolu un probléme très difficile? Votre *suffrage, accordé sans doute à l'intention, semble me l'assurer. Permettez que cette Ode paraisse sous vos auspices, et vous soit dédiée. J'ai fait, je l'avouerai, tout ce qui était en moi pour justifier l'intérêt dont m'honore le Ministre Citoyen qui réunit à l'ame de Sully, la tête de Turgot et le regard de Colbert.*

Salut et respect.

CHAUSSARD.

21 vendémiaire an VII.

RÉPONSE

DU Cᴱᴺ FRANÇOIS (DE NEUFCHATEAU).

Paris, le 24 vendémiaire, an VII de la république française.

LE MINISTRE DE L'INTÉRIEUR

AU Cᴱᴺ CHAUSSARD.

Cɪᴛᴏʏᴇɴ, au moment où jai reçu votre belle Ode, j'allais écrire au président de l'Institut National pour engager ce corps illustre à ouvrir aux Poëtes un concours extraordinaire sur le même sujet que vous avez traité. Les souvenirs ne vivent, les monuments ne prennent date que par le langage des Dieux; on ne conserve la pensée que dans le moule des beaux vers. J'étais jaloux, je vous l'avoue, de prolonger par ce moyen l'impression que vient de faire cette élévation d'un temple à l'Industrie, qui a marqué en France le commencement de l'an VII. L'enthousiasme général avec lequel on a joui de ce premier essai de la comparaison de nos produits industriels; l'influence féconde que les médailles à décerner aux fabricants et aux artistes auront sur les progrès des Arts et l'extension du Commerce; les vastes développements que notre activité française, convenablement dirigée, donnera d'elle-même à ce plan primitif; la manière que j'ai conçue de rallier un jour à ce premier mobile un autre grand objet, qu'il faut avoir toujours en vue, l'Instruction Publique, que j'entrevois dans l'avenir

perfectionnant l'Industrie, et pouvant à son tour en être per-
fectionnée; le Goût National agissant ainsi sur lui-même, et
s'améliorant dans les points les plus éloignés par ses propres
efforts, ou plutôt par ses jouissances; tout cela me semblait
très propre à échauffer la verve des modernes Pindares. Vous
avez prévenu mon vœu, et vous méritez la couronne que les
Muses devaient promettre à celui qui aurait le plus dignement
célébré les fêtes de Minerve.

Je vous sais bon gré, Citoyen, d'avoir si bien traité un
sujet aussi neuf pour la langue française. Je suis fort aise aussi
qu'un poëme honorable pour l'Industrie Nationale ait été pu-
blié avec distinction par le premier des imprimeurs. Le
panégyrique des Arts est l'éloge de ses talents et le tableau de
sa famille.

La lecture de votre ouvrage m'a fait souvenir que Gresset
a immortalisé par des vers légers et brillants la premiere exposition des peintures et des sculptures qui ait eu lieu au Lou-
vre (1). Votre piece lyrique est sur un ton plus noble, et vous
aviez pourtant plus de difficultés à vaincre. Il était aisé à
Gresset de vanter les beaux-arts aux cercles polis qui les
aiment ou font semblant de les aimer. Un écrivain comme
Gresset pouvait faire marcher sur une même ligne ces deux
sœurs immortelles, la Peinture et la Poésie. Mais sa muse élé-
gante eût été un peu effrayée s'il avait fallu rabaisser l'attention
des gens du monde au détail des arts, appelés par mépris les
arts mécaniques, et il eût hésité sans doute à emboucher pour
Arachné la trompette de Calliope.

Ce n'eût pas même été sa faute. Notre poésie est revêche
dans le genre instructif. Nos habitudes anciennes ne nous

(1) On lit, dans le recueil des œuvres de Gresset, des vers sur le premier
salon en 1737.

2

rendaient pas familiers les objets purement utiles. Le préjugé les flétrissait. La langue, fille de l'usage, est l'esclave du préjugé. Aussi, quelle que soit l'importance de l'Industrie, quels que soient ses prodiges, ses agréments, et ses ressources, nous n'avions sur ce point qu'une Ode fort inférieure à la vôtre. Une Académie de province avait eu le mérite d'indiquer le sujet (1), et c'était quelque chose. Le vœu de plusieurs écrivains (2) appelait une Académie spécialement consacrée à la Technologie. Mais l'ancien régime n'avait garde de les entendre. Plus les Arts étaient nécessaires, plus ils semblaient ignobles ; et l'on était bien loin de se douter alors que les produits inaperçus de cette industrie roturiere formeraient un jour un Spectacle intéressant et magnifique, où accourrait toute la France ; Spectacle tel qu'il n'a jamais rien existé de comparable en aucun temps chez aucun peuple.

Vous appartenez, Citoyen, à un Siecle plus éclairé sur les bases réelles de la prospérité publique. Vous pouvez, comme Martial, et à plus juste titre, imposer silence à l'Egypte sur cette merveille insensée de ses amas de pierres (3). Le travail annuel d'un Peuple industrieux, exécuté par des mains libres, offrira désormais en France un miracle plus étonnant que d'inutiles pyramides taillées par des esclaves. Dans la Science Sociale, la premiere de toutes, nous aurons fait un pas, dont je me flatte que votre Ode consacrera l'époque.

J'accepte donc avec plaisir ce Chant National que vous voulez me dédier. Je ne voudrais en retrancher que ce que vous me dites de personnel et de flatteur dans l'Epître préli-

---

(1) L'Académie de Besançon. Les stances couronnées sont de l'abbé Talbert.

(2) Bacon, Diderot, dans la grande Encyclopédie.

(3) *Barbara Pyramidum sileat miracula Memphis!* (MARTIAL.)

minaire. Parlons de la chose publique, et ne louons les gens
en place que lorsqu'ils n'y sont plus.

En échange de vos beaux Vers, je vous envoie des exem-
plaires du Discours que j'ai prononcé pour ouvrir la cérémonie
de l'Exposition, dans ce jour que j'ai appelé *le plus beau de
ma vie* (1). J'y joins la lettre circulaire que j'adresse aujour-
d'hui dans les départements, pour fixer le ressort nouveau
qu'un concours annuel doit imprimer dorénavant à l'Industrie Française (2). Tout cela n'est que de la prose; mais elle
explique la matiere que vous avez su embellir. C'est comme
l'argument de votre chant patriotique.

Si votre Ode eût pu m'arriver pour le premier de l'an, je
l'aurais fait mettre en musique, et vos strophes auraient été
exécutées au champ de Mars par le conservatoire. La Musique
est aussi une sœur de la Poésie; et Méhul est bien digne de
joindre sa lyre à la vôtre. Mais nous manquions de temps; il
fallait tout improviser. Les bureaux, par cette raison, n'ont
cessé de me tourmenter pour reculer jusqu'à l'an VIII l'exécu-
tion de mes vues. J'ai très heureusement tenu bon pour l'an VII.
J'avais eu lieu de m'applaudir du succès qu'avait obtenu dans
une fête précédente l'idée qui m'est venue aussi de faire repa-
raître les ouvrages des Gobelins. (3). D'ailleurs je sais trop
bien qu'un Ministre ne doit jamais rien renvoyer au lendemain :

(1) Discours prononcé au champ de Mars, par le Ministre de l'intérieur,
pour l'ouverture de l'Exposition des Produits de l'Industrie Française, le troi-
sieme jour complémentaire an VI.

(2) Lettre circulaire du Ministre de l'intérieur aux administrations cen-
trales, aux commissaires du Directoire, et aux bureaux consultatifs de commerce, pour régulariser le concours annuel de l'industrie française, du 24
vendémiaire an VII.

(3) Programme arrêté par le Ministre de l'Intérieur, le 14 thermidor
an VI.

dans cette vie au jour le jour, il n'y a point de lendemain ;
il faut avoir vécu la veille. Le public a trouvé très bon que je
me sois pressé, et cela m'a valu votre Ode, dont je vous re-
mercie avec effusion, non pas pour moi, mais pour la chose
que j'avais à cœur de fonder.

Je ferai envoyer cette Ode à tous ceux qui ont concouru à
l'exposition, certain que ce sera pour eux une nouvelle récom-
pense, et une raison de mieux faire dans l'Exposition pro-
chaine. Tous les Français aiment la gloire. Il n'est rien qu'on
ne puisse attendre d'un peuple mû par ce ressort. Je ne sau-
rais douter que votre maniere sublime de chanter le succès
des Arts et le triomphe des fabriques ne m'aide puissamment
à stimuler de plus en plus entre tous les départements et toutes
les manufactures l'émulation progressive dont je viens de se-
mer les germes, et dont un autre siècle recueillera les fruits :

ALTERI PROSINT SÆCULO !

C'est la devise de tous ceux qui travaillent pour le public. Trop
heureux qui peut la remplir !

Salut et fraternité.

Le Ministre de l'intérieur,

FRANÇOIS (DE NEUFCHATEAU).

RÉFLEXIONS PRÉLIMINAIRES.

J'ai consacré aux Arts Libéraux un faible écrit [1]; je
me suis proposé, dans ce nouvel essai, de rappeler les
bienfaits des Arts Industriels : là je posais en principe
que les Beaux Arts doivent présenter des résultats phi-
losophiques et moraux ; que plaire est leur moyen ,
mais que leur objet est d'instruire : ici je tente l'application de ce principe, en faisant servir l'art de la Poésie
à retracer les découvertes utiles à la société , et les
grandes vérités de l'Économie politique.

Quelques généralités sur l'origine et les effets de
l'Industrie ne seront peut-être pas déplacées au commencement de cet ouvrage.

L'abondance des richesses agricoles et de la population donna naissance aux Arts.

Toute nation agricole, dit un philosophe, doit avoir
des Arts pour employer ses matières, et doit augmenter
ses productions pour entretenir ses artisans.

Les rapports de l'Industrie avec la population sont
sensibles ; car le nombre des hommes ne peut croître
sans que la masse du travail soit augmentée , et que par
conséquent les moyens de subsistance soient devenus
plus nombreux.

---

(1) *Essai sur la Dignité des Arts* , chez Pougens, libraire , quai Voltaire
n° 10.

Ces observations semblent motiver l'opinion de ceux qui placent le berceau des Arts en Asie, où les fruits et les hommes abondent.

Les Croisés retrouvèrent en Asie les débris des Arts. Les Arts passèrent de l'Orient en Italie, de l'Italie dans la Flandre, de la Flandre en Angleterre et en France.

Ainsi les bienfaits de l'Industrie, soit que l'on considère en elle le génie qui invente ou la puissance qui exécute, franchissent et les lieux et les siècles.

C'est l'Industrie qui, réparant les grandes calamités, efface sur le globe la trace des ravages du temps et des conquérants. Tandis qu'ils détruisent avec bruit, elle élève et répare en silence.

Ici commencent les rapports de l'Industrie avec la Constitution politique et la prospérité nationale.

Richesse et puissance semblent aujourd'hui une seule et même chose pour les Etats comme pour les particuliers. En général, et vu l'état actuel de la Civilisation en Europe, ce n'est pas le peuple le plus fort, mais le plus industrieux, qui fait pencher la balance politique.

Non seulement l'Industrie donne les richesses, mais encore elle les remplace. On sait que les Espagnols demeurèrent pauvres avec tout l'or du monde, et que les Hollandais devinrent riches sans terres et sans mines.

L'Industrie, en augmentant les moyens de subsistance et par conséquent de population, diminue l'excessive inégalité des richesses, non pas lorsque ses travaux ne sont affectés qu'à une certaine classe de citoyens, comme dans les Monarchies, mais lorsque l'Etat, c'est-à-dire le corps de la Nation, s'y applique : c'est ce qui arrive dans un Etat libre.

En effet les Arts, le Commerce, et la Liberté, sont intimement liés. Cela se démontre et par l'histoire d'Athènes, de Carthage, de Rhodes, de la Hollande, de Venise, de la Ligue Anséatique, des Etats-Unis, etc., et par la nature et le Caractère même des Arts, qui recherchent tout ce qui peut hâter leur entier développement.

Si l'Industrie favorise la Liberté, la Liberté doit à son tour favoriser l'Industrie, en détruisant les priviléges, les corporations, les gênes, en allégeant le fardeau des impôts, en établissant la concurrence la plus illimitée, en distribuant, non des avances pécuniaires, mais des honneurs. Alors la consommation des marchandises augmente par le bon marché de la main-d'œuvre.

Deux choses influent sur le prix de la main-d'œuvre; la Liberté par la concurrence, l'Industrie par les machines, dont l'effet est de représenter une grande multitude de mains. Il demeure prouvé que la nation qui possédera la main-d'œuvre au meilleur marché et dont les négociants se contenteront du gain le plus modéré, fera le commerce le plus lucratif.

Ce n'est pas ici le lieu de développer les rapports de l'Industrie avec la perfectibilité humaine, (car à mesure que le domaine des sciences s'agrandit, les Arts s'étendent et se perfectionnent); avec le caractère national, (en effet, dit Raynal, tel peuple est propre à l'invention par le caractère même qui le porte à la nouveauté);

avec la fecondité du sol ou la frugalité des hommes qui y supplée ; avec le climat qui modifie les matières , les esprits, les besoins, les procédés ; avec l'étendue ou la situation politique de l'Etat qui présente ou refuse des débouchés [1].

La situation, soit topographique, soit politique, la nature, le gouvernement, le sol, le climat, la population, le caractère et le génie de ses habitants, tout assure à la République Française la suprématie dans les Arts industriels.

Ici je ne puis me dispenser de citer la dernière phrase du rapport présenté par le Jury à l'époque solennelle du 1er vendémiaire, où la philosophie associa la fête de l'Industrie à celle de la République, et releva les autels du Commerce et des Arts à côté de celui de la Patrie : « On peut annoncer, disait-il au Gouvernement, que le moment est arrivé où la France va échapper à la servitude de l'Industrie de ses voisins ; que par-tout les Arts associés aux lumières se dégagent de cette honteuse routine qui est le caractère de l'esclavage ; que l'émulation la plus brûlante embrase toutes les têtes des Artistes , et que le Gouvernement n'a qu'à vouloir pour porter les Arts au degré de supériorité où s'est placée la Gande Nation parmi les peuples de l'Europe. »

---

(1) Vide *Stewart, Smith , Quesnay , Raynal, Mirabeau...*

L'INDUSTRIE,

OU

LES ARTS.

ODE.

O FILLE des Besoins, sœur de l'Agriculture,
Industrie, Arts puissants, rivaux de la Nature,
Le rameau créateur à vos mains est offert:
Venez; un jour pompeux' évoque vos prestiges:
   Que vos mâles prodiges
Eclatent à la voix de cet autre Colbert!

La Liberté ramene, auguste enchanteresse,
Et les combats de Rome et les jeux de la Grece:
La palme des Talents croît sur l'autel de Mars.
La Gloire a marié, pour embellir ses fêtes,
   Aux drapeaux des conquêtes
Le sceptre du Commerce et la lyre des Arts.

Tel, à l'effort nombreux d'une horde insensée,
Jupiter opposant la foudre courroucée,
Tranquille, dans les cieux ramenait un jour pur,
Et, terrassant le monstre aux têtes renaissantes,
De ses mains triomphantes
Rouvrait le vaste Olympe aux cent portes d'azur.

Les flots religieux de la troupe immortelle
Inondent du palais l'enceinte solennelle :
Les astres sous leurs pas étincellent encor ;
Des trépiés de Vulcain' les colonnes mouvantes
Sur leurs bases vivantes
S'élevent, et soudain brillent en sieges d'or.

Jupiter des Géants doit enchaîner l'audace.
Il dit : le Chœur Céleste a reconnu sa place ;
Des torrents de clarté remplissent l'Univers ;
Le peuple des Soleils obéit au Génie,
Et leur vaste harmonie
Retentit dans l'espace et charme ses déserts.

Tandis que, relevant une orgueilleuse tête,
L'Aigle républicain plane sur la tempête,
Et cherche les regards de la postérité,
Commerce bienfaiteur, toi par qui tout respire,
Ombrage cet empire
Des fertiles rameaux de la prospérité!

Ainsi puisse toujours une palme éclatante
Couronner de ton front la splendeur renaissante!
Qu'un jour brillant succede à tes profondes nuits;
Et puisse des tyrans le superbe caprice
De ta main créatrice
Ne jamais étouffer ou dévorer les fruits!

Fier Dédale, trompant les tyrans et leur chaîne,
Tu dresses vers l'Olympe une aile souveraine,
Tel qu'un triomphateur, des autans escorté;
Et vainqueur de Minos, des airs, et de l'abyme,
Tu vas d'un vol sublime
Resaisir dans les cieux ton immortalité!

Jadis de notre Europe enfants durs et barbares[3],
Dans les champs désolés et de moissons avares
On vit se dévorer les peuples furieux :
Au chêne hospitalier, aux forêts maternelles,
     Ces hordes criminelles
Allaient redemander un gland grossier comme eux.

D'un cours dévastateur[4] la rage hyperborée
Se déborde, engloutit cette affreuse contrée.
Le faible en frémissant ploya sous le plus fort :
Et, de sang enivré, le Démon des rapines
     Sur d'immenses ruines
Fit asseoir le Sommeil, et la Nuit, et la Mort.

L'Ignorance enfanta deux monstres[5] dans les ombres :
L'un farouche, inquiet, roule des regards sombres,
Terrible, et balançant un sceptre audacieux ;
L'autre foule du pied la terre épouvantée ;
     Sa tête ensanglantée
S'élève dans le vide et croit toucher aux cieux.

Ils marchent; et la terre est une immense tombe
Où s'éteint l'Industrie, où la Vertu succombe;
Seule domine au loin la Féodalité[6]:
Tel exhalant la mort, empoisonnant la nue,
Sur la morne étendue
Regne du noir Uppas[7] l'ombrage redouté.

Quel silence! le deuil des tours mélancoliques,
Ces déserts, cet amas de ruines publiques,
Proclament la vengeance et l'asservissement:
Voyez pendre à ces murs une main attachée,
Livide, desséchée,
D'un exécrable droit[8] atroce monument!

Quel Dieu consolateur, réparant cette injure,
Vient de son sceptre d'or protéger la Nature,
Rend au peuple son titre[9], aux champs leur dignité,
Et des mortels unis active Providence,
Des fruits de l'abondance
Couronne avec orgueil le front de la Cité?

Attachant au hameau la ville fraternelle,
Quelle chaîne magique, en sa marche nouvelle,
S'étend¹⁰, se développe, étale les bienfaits,
Et, déja franchissant la barriere des ondes,
Embrasse les deux Mondes,
De leur fécond hymen surpris et satisfaits?

Paisibles enchanteurs, les Arts au son des lyres
Animent les forêts et fondent les empires.
Quel spectacle! Apollon¹¹ rassemble tous ses fils:
Ici l'accord des cieux semble occuper Euclide,
Là chante Phocilide,
Là médite Architas, ici vogue Typhis.

De ce nouvel Argo¹² la voile impérieuse
Dans l'enceinte du port s'agite ambitieuse,
De l'Hydaspe bientôt lui promet le tribut:
Le Navire glissant sur le sein d'Amphitrite,
Vole et se précipite,
Semblable au char brûlant qui dévore le but.

Là, dans ses doctes jeux, l'appui de Syracuse[13]
Oppose au fier Romain le compas de sa Muse:
Le feu du ciel descend dans un verre animé;
Du miroir foudroyant l'orbe immense s'allume,
Tout le rivage fume,
Et le vaisseau s'abyme en un gouffre enflammé.

Quel art[14] de l'Obélisque enseveli sous l'herbe
Vers l'Olympe étonné dresse le front superbe,
Et du fût gigantesque a soutenu le faix?
Il commande, et déja, voisine de la nue,
La masse suspendue
Monte, et va dominer la cime des palais.

De la Nymphe des eaux[15] ici l'onde captive,
De son urne lointaine à regret fugitive,
Accourt d'un flot constant caresser les guérets;
Là, des vents[16] que retient la toile frémissante
L'haleine obéissante
Dans sa course a broyé les trésors de Cérès.

Le Génie égaré dans ces mines[17] fécondes
Pénetre des rochers les entrailles profondes,
Interroge les airs, et monte dans les cieux,
Descend, franchit le globe, et, sur l'aile d'Eole,
   L'aimant fidele au pole,
Guide à travers les flots son vol audacieux.

La Nature est domptée; et, fécond en largesses,
Le Travail ennoblit la source des richesses:
Il marche environné des Mœurs et des Vertus,
Et, d'une urne prodigue épanchant l'opulence,
   Venge de l'Indigence
Le mérite trahi par l'aveugle Plutus.

Arts bienfaiteurs, salut! vous dont les bras utiles
Creusent ces vastes ports et protègent ces villes;
Vous à qui doit Cérès son char et ses moissons[18];
Et vous qui, dans la nuit, près du foyer antique,
   Filez[19] d'un doigt rustique
Une plante docile[20], ou les molles toisons.

En réseaux précieux et rivaux de la soie
La fleur d'un arbrisseau[21] sous vos mains se déploie :
Un feu savant féconde[22] un Etna souterrain :
La frémissante scie[23] a divisé ces marbres,

     La hache fend les arbres,

Et le pesant marteau tombe et dompte l'airain.

Les Arts consolateurs sont les dieux de la terre.
Le Despotisme affreux leur apporta la guerre;
Le mépris punissait leurs bienfaits immortels.
Religion sacrée, ô culte du Génie,

     A ces fils d'Uranie

Viens de l'apothéose ériger les autels !

Arts divins ! Liberté ! votre antique alliance
Des remparts de Minerve éleva la puissance.
O ville du Soleil[24] ! et toi, fille de Tyr[25],
Corinthe, de deux mers superbe souveraine,

     Palmyre, cité reine,

Sur vos débris savants plane leur souvenir.

O Florence! à tes murs leur palme encor fidele
Deux fois les embellit d'une splendeur nouvelle:
A leur voix la Hollande a régné sur les eaux,
Et des bords qu'habita la gloire Anséatique
   Au golfe Adriatique,
L'Univers a subi l'orgueil de leurs faisceaux.

Au vieux champ des Gaulois quels sublimes spectacles
Appellent mes regards fatigués de miracles!
Calliope, à mon luth prête des sons brûlants!
Dis quels dispensateurs de la gloire civique
   Ont de la République
Associé la palme à celle des talents:

Dis quel autre Vulcain, dans sa forge tonnante[26],
Prépare des héros l'armure étincelante,
Ce tube[27] couronné d'un fer victorieux;
Quelle Hébé gracieuse a façonné l'argile
   De cette urne fragile[28]
Que Surate remplit de ses liquides feux :

Dis quel heureux prodige[29] et quelles doctes veilles
De l'art de Guttemberg[30] étendent les merveilles:
Le Génie est fixé par l'immobile étain[31];
Cependant la Pensée, et plus vive et plus pure,
   Ira d'une voix sûre
De l'auguste avenir frapper l'écho lointain.

Quel esprit inspiré de la docte Uranie
A ce ressort vivant imprima l'énergie[32]?
Quel savant Archimede a pesé les métaux[33]?
Quel Pausias fixa la couleur animée
   Sur la pâte enflammée[34]
Qui prête à nos Zeuxis de plus vastes émaux?

Des saphirs de l'acier vois scintiller les gerbes[35],
Et l'iris des crystaux[36], et ces glaces superbes[37],
La corne divisée[38] où resplendit le jour,
L'or s'alongeant en fil[39] et le métal en toiles[40],
   Et ces limpides voiles[41]
Sur le sein de Vénus flottants avec amour.

En tissus opulents vois ces tableaux qu'étale
L'Aiguille, des Pinceaux magnifique rivale[42];
Dans l'Olympe envahi vois errer ce Vaisseau[43];
Vois ce Lustre d'azur qui semble en rais d'opale
  De l'aube orientale
Dans la nuit embrasée allumer le flambeau.

Vois, dans un cercle étroit qu'emprisonne le verre,
Le Temps marcher[44], les cieux développer leur sphere,
Et l'onde s'élevant[45] par de nouveaux chemins;
Ce Signe, au sein des airs[46] messagers de la gloire,
  Devançant la victoire,
Et dont le chiffre ailé renferme les destins.

Heureuse terre, en fruits, en grands hommes féconde,
O France, l'ornement et l'exemple du monde!
Fais pardonner ta gloire à force de bienfaits!
Et fondant sur les Arts ta grandeur pacifique,
  De ton foudre héroïque
Sur ce grouppe de fleurs laisse dormir les traits!

Oui; que l'écho, lassé des éclats du tonnerre,
De cette autre victoire entretienne la terre,
Redise de la Paix le chant consolateur;
Et, respirant alors d'une longue tempête,
Que l'Univers en fête
Soit à la Liberté conquis par le bonheur!

NOTES.

(1) La fête de la République.

(2) Fiction d'Homère.

(3) Avant les progrès du commerce chaque Etat était une *société isolée*... n'ayant pour ressources que celles du sol, pour force que celle de ses membres, nulle industrie : de là les émigrations, les invasions, les guerres...

4) Invasions des peuples du Nord.

(5) La Tyrannie, la Superstition.

(6) Nos pères insensés prirent pour base de leur Gouvernement un principe destructeur de toute société, le mépris pour les travaux utiles. Il n'y avait de considéré que les possesseurs de fiefs... On ignorait si parfaitement les plus simples éléments du commerce, qu'on avait l'usage de fixer le prix des denrées. Les Négociants étaient souvent volés, et toujours mal payés par les Chevaliers et les Barons... On faisait le commerce par caravane, et l'on allait en troupes armées jusqu'aux lieux où l'on avait fixé les foires. *Raynal.*

(7) *Buon-uppas* ou le mancenillier. Cet arbre donne un suc vénéneux, dans lequel les Sauvages trempent leurs flèches. L'expérience prouve que ce poison conserve son activité même au-delà d'un siècle. L'ombre de cet arbre est mortelle.

(8) Le droit de *main-morte.* Symbole affreux de la mutilation de l'industrie.

(9) C'est quand il y eut de l'industrie et des richesses dans le peuple, que les Princes le comptèrent pour quelque chose. C'est quand les richesses du peuple purent être utiles aux Rois contre les Barons, que les lois rendirent meilleure la condition du peuple... Les Souverains l'opposèrent aux Barons ; on vit diminuer peu-à-peu l'anarchie et la tyrannie féodale ; les bourgeois devinrent citoyens, et le Tiers-Etat fut rétabli dans le droit d'être admis aux Assemblées nationales. *Raynal.*

(10) Le Commerce.

(11) Les Sciences et les Arts.

(12) La Navigation.

(13) Archimède brûle la flotte de Marcellus.

(14) Machine de Fontana.

(15) Application des Arts à l'Agriculture : les irrigations.

(16) Le moulin-à-vent. Il fut apporté d'Asie en France dans le temps des Croisades.

(17) Arts métallurgiques.

(18) Arts défensifs et alimentaires.

(19) Arts qui vêtissent.

(20) Le Chanvre

(21) Le Coton.

(22) Arts chymiques.

(23) Arts de construction.

(24) Rhodes.

(25) Carthage.

(26) Manufacture d'armes de Versailles.

(27) Le fusil et la baïonnette.

(28) Manufacture de porcelaine de Sèvres.

(29) Invention de Didot et Herhan.

(30) Inventeur de l'imprimerie.

(31) Stéréotypage.

(32) Echappement libre à force constante , par Bréguet.

(33) Echelle comparative de la pesanteur des métaux, par Le Noir.

(34) Manufacture de Dilh et Guerhard. Tableaux sur porcelaine.

(35) Acier de la fabrication de Berthier.

(36) Fabrique de Creuzot et du Gros-Caillou.

(37) Manufacture de S.-Gobain.

(38) Feuillets de corne transparente , ramenés aux plus grandes dimensions par un procédé qui appartient à Gérentel.

(39) Ouvrages fondus en filigranes , par Bouvier.

(40) Toiles métalliques perfectionnées par Perrin.

(41) Mouchoirs des fabriques de Chollet et Mayenne. Gazes.

(42) Tapisseries des Gobelins.

(43) Le ballon.

(44) L'horlogerie. Montre astronomique.

(45) Nouvelle machine de Montgolfier pour élever les eaux.

(46) Le Télégraphe.

FIN.